رواية

الشهرة

بأياد مسروقة

د. جُمان الريحاني

إهداء..

إهداء إلى الإبداع الحقيقي وليس الإبداع المزيف
بأية طريقة كانت

الإبداع في أصله وليس في شهرته

إهداء إلى كل المبدعين من وجد فرصة للظهور
ومن لم يجد

إهداء كل من لديه قدرة على فعل ما لا يستطيع
فعله الآخرون

إهداء إلى كل المبدعين

جمان الريحاني

ابنة النضال

كانت أزاهير هي الابنة الوحيدة للصحفي أثير الدين الإجباري الذي كان يحارب كل أنواع ظلم بقلم فقد كان مناصره للقضية الفلسطينية.

وأيضا بكل الدول العربية التي وقعت تحت سطوه الاحتلال بكافه أنواعه وكان ينادي بتحرير الدول من كل أنواع السيطرة الاستعمارية والتبعية الناتجة عنها في كل المجالات.

ولأن هذا الرجل الشجاع كان ذا أسلوب جيد ولا صوت مسموع لقد كان السبب قلق الكثيرين من الدول الأوروبية لذا تم التوصل إليها عن طريق عن طريقه بكل طريقه لردعه لكن لكنه لم يكف عما يفعله.

ولكن في بداية نشاطه حياته كان حار الدماء يغار على كل عربيه وعلى كل بلد عربي.

وعندما رفض كل المغريات تحول الإغراء إلى أسلوب التهديد

وهذا ما جعل نوره يخف ويخفت لأنه في كل تلك فتره كان قد تزوج للتو فخاف على حياته زوجته وجنينه الذي في بطنها.

ورغم اتجاهه وأسلوبه وحياته ومعتقداته إلا أن زوجته كان أوروبيه.

زوجة أجنبية تؤثر عليه وتستغله عاطفيا من أجل أن يتوقف عما يفعله حماية لها ولجنينها.

ربما لم يتم التواصل إليه لإخافته أو تهديده أو كسب ثقته إلا عن طريق أن تم إرسال له زوجه.

أو فتاه أحبها وجعل منها زوجه فأصبح عاطفيا.

لكن أثير الدين كان يعاني من بركان في داخله.

لأنه كان يحب الجهاد بالقلم.

وبعد مرور عدد من السنوات وقد رزق بطفلة واحده فكان يحبها ولكنها ابنته كانت ذاته لوالدتها أكثر.

وكانت تردد كل كلام والدتها وتطلب الحماية من والدتها من والدها.

وتستغله عاطفيا هي أيضا هذا بعد أن أصبحت كبيرة.

سافر أثير الدين وعائلته من بلد عربي إلى آخر وزار أيضا بعض دول أوروبا.

لأن زوجته كانت تمتلك جزءا من عائلتها هناك.

لقد كانت لديها أحلامها وآمالها الخاصة، وكانت لديها نظرة عن مستقبلها، كما أنها وفي سن صغيرة كانت قد وضعت خطة لكي تحققها في المستقبل.

عندما بلغت أزاهير سن الثامنة عشر طلبت من والدها أن يساعدها لكي تصبح حياتها مثله هو.

صحفيه جيدة وكاتبة معروفة وذات شهرة مثله.

أحلام مناضل لابنته

لم يكن يريد أسير لابنته الوحيدة أن تدخلها في العمل النضالي مثله خوفا على حياتها في تلك الفترة توفيت والدتها بعد صراع عن المرض وهذا ما جعله يسير ابنته لكي لا تحزن أكثر.

ولكي يعوضها عن حبي والدتها فلم يكن يرفض لها طلبا دخلت ابنته للجامعة لكي تدرس صحافة.

فأوصي بها في إحدى الجرائد لكي تكتب في عمود

لم تكن ابنته تمتلك الموهبة

فكانت كلما طلبه منها طلب منها الكتابة في موضوع
لجأت إلى أسلوب يجعلها تنال شفقه والدها.

وهذا ما يجعله يحاول مساعدتها ولكنها لم تكن تحب
العمل ولا الجهد.

لقد كانت تجيد استعطاف والدها وتعرف كيف تملك
شفقه وكان لها أسلوب خاص كيف تطرح عليه
موضوع وكيف تنال موافقته على الفور.

وكيف تأخذ كلما ما تطلبه أو ما ترغبه.

لقد كانت تجيد استعمال أسلوبها ذلك على والدها
وتستطيع بالضغط عليه عاطفيا أن تنال مرادها.

وقد تعلمت استغلاله من والدتها استغلال والدها بشكل
جيد وهذا ما جعلها تنشره في عمود مواضيعها من قلم

ووالده الذي لم يكون يعتبره غشا للقارئ حبا لابنته ومساعدتهم لها لكي تضع قدميها على أول الطريق.

وصلت ابنته على نفس المنوال ولم يكن الأمر متوقفا عند هذا الحد بل كانت تهمه بأنه يتم استهدافها وربنا هناك من يريد اغتيالها نسبه لكتاباتها التي تشبه إلى حد كبير كتابات والدها

إذا كانت تتهرب من الذهاب إلى الجامعة فقد فقدم والدها طلبا للحماية ومعاملته على أساس انه ابنه مناضل لذا يجب إعفائها من الحضور اليومي إلى الجامعة.

وهكذا مره السنوات وتخرجت أزاهير من الجامعة دون أن تدرس بل لقد تمادى والدها في انه قد دفع كل التكاليف من أجل أن تحصل على شهادة لم تكن ابنته في الحقيقة تستحقها.

كل ما أوصى لها إليه والدها فقد كانت فتاه تنتهي فيها في حقيقتها سطحيه لا تقيم أي أمر كان.

ابن البط عوام

تجيد استغلال لوالدها لتحقيق كل رغباتها ولكنها أصبحت حبه النجاح السهل وتعودت عليه كما أنها أحبت الصورة التي رسمها لها والدها أمام المجتمع صحفيه ناجحة ومناضله بالقلم وكاتبه.

كان أثير الدين يجد بعض القوه خلال كاتباته سواء التي باسمه أو التي باسمه ابنته وأصبح يشعر بقوه

أكثر من ذي قبل ولم يعد خائفا كما في السابق لأنه اعتبر بأن ابنته قد اشتد عودها ولم تعد ضعيف تقدم للفتاه شخصا من أقارب والدتها لخطبتها.

وهنا شعر أثير بأنه قد أكمل رسالته وبأنه أوصل ابنته إلى بر الأمان ربما أمكنه أن يضعها في عهده زوجها لكي يحميها ويعود هو أخيرا إلى نضاله السابق ولكنه كان يفكرون طموحات لابنته لكي يحققها لها.

وعندما تزوجت أخبرت والدها بأنها لا تستهوي عمل الصحافة وتريد منه أن يساعدها في إصدار الرواية.

ولأن والدها يعلم بأنها لا تعرف كيف تحمل حتى قلما سألها وقال:

ومن أين لك تلك الرواية؟

أجابته وقالت:

بفضلك

بفضل جهودك في حياتك

وفضل وجودك في حياتي

وهذا هو هدفي وكل ما اطمح إليه

وأنا أعلم بأنك سوف تساعدني

لم يوافق وجدوها في البداية ليس لان هذا خيانة أدبية علميه، وتصرف غير أخلاقي، بل وأيضا لأنه لم يكن روائيا ولان ابنته تمتلك نية خفيه طلبت منه أيضا أن تكون أول رواية لها رواية ثوريه لكي تكسب جمهورا كبيرا

وقالت له:

أرجوك يا أبي ساعدني لكي أصبح رواية

أثير الدين:

لقد قلت ل كانا لا يعجبني الأمر

أزاهير:

أرجوك يا أبي أرجوك

أثير الدين:

لا تحاولي معي

أزاهير:

الست تحبني

ألست أنا ابنتك الوحيدة؟

ألست ثمرة حبك لأمي؟

أم أنك نسيت أمي ونسيت حبك لها؟

أثير الدين:

لقد قلت لك مرارا وتكرارا لا تتكلمي بهذه الطريقة

أزاهير:

أية طريقة؟

أليست تلك طريقة أمي؟

ألم تعد تحب أن تراها فيا الست أشبهها؟

هل مازلت تذكرها يا أبي؟

أثير الدين:

طبعا اذكرها

أزاهير:

أمازلت تحبها

أثير الدين:

طبعا أحبها وهل الحب يموت بموت إنسان

عندما أموت أنا ربما سوف ينتهي هذا الحب

أزاهير:

لا تقل هذا فأنت تعلم انك الوحيد لي في الحياة وأنا
احبك

ألا يكفي أنني خسرتها؟

أنت تجعلني حزينة

أثير الدين:

لا تحزني رجاء يا ابنتي

أزاهير:

لن احزن إذا وعدتني بأنك سوف تساعدني

أثير الدين:

طلبك هذا غريب

أزاهير:

لا تقل غريبا

إنه سهل جدا إذا أردت أن تساعدني

سوف تجد حلا أنا متأكدة

فكر معي فقط

والأمر سهل لأن الرواية التي أريدها سوف تكون ثورية

أولا

هو أمر أنت تبدع فيه في المقالات ولا أحد في ذلك المجال بمستواك.

وثانيا

لأنني سوف يصبح لي جمهور كبير بفضل نوع الرواية الذي اخترته

أثير الدين:

يبدو انك قد فكرت في الموضوع جيدا

أزاهير: (وقد توجهت إلى والدها وحضنته ووضعت رأسها على كتفه)

طبعا يا أبي الحبيب

لقد فكرت كثيرا وفي كل شيء

أبي أنا أحبك

وكنت أعلم بأنك سوف تساعدني فأنا ابنتك الوحيدة

وابنة حبيبتك وزوجتك التي لم تحب سواها ولا قبلها ولا بعدها

طبعت قبلة على خده وكررت وقالت:

أحبك يا أبي

مؤلفة وثلاث ظلال

فهذا ما جعل والدها يجد يبحث لكي يجد من يساعده فالأمر غاية في الصعوبة، فعندما سأل هنا وهناك علم بأنه يمكن أن يساعده الكثيرون.

ولكن لم يكن يريد أن يساعده شخص معروف بل كان يريد شخصا غير معروف أو مجهول لكي لا يفضح أمره في مباد ولكي لا يتم استغلال هذا الأمر.

وهذا من وضع الكثير من الخطط الحمل والمسودات حتى عصارة على شاب يهوى الكتابة كانت الكتابة بالنسبة لهذا الشاب مجرده ولكنه لا يمتلك ثمن طباعه كتاب فقد كان حلم هذا ينشر كتابا.

ولكنه كان فقيرا معدما وذلك الحلم كان بالنسبة له حلو من مستحيل تحقيق كما انه لم يكن ما يجعله ويعيش بكرامه ولا يقدر حتى على التقدم والطالب يد حبيبته للزواج.

تمكن أثير الدين من التواصل مع هذا الشخص الذي كان مبهورا لمقابلته أثير الدين، وعندما استضافه في بيته دار بينهما الحوار التالي:

الشاب:

أنا سعيد جدا جدا يا سيدي بمقابلتك انه لشرف لي

أثير الدين:

بوركت يا بني

الشاب:

لقد كنت احلم بلقائك ولم أكن اعتقد بأنه قد يتحقق يوما

أثير الدين:

وها قد تحقق

الشاب:

أجل لقد تحقق

أثير الدين:

هل تعلم لما طلبت منك المجيء؟

الشاب:

لا، أبدا، كلما اعرفه هو أن الموضوع مهم ولا يحتمل التأجيل

أثير الدين:

نعم الموضوع مهم

الشاب:

وما هو يا سيدي؟

أثير الدين:

أريد يا بني أن تساعدني في تأليف رواية

الشاب:

أنا سعيد جدا يا سيدي انه لشرف لي أن يقترن اسمي

باسمك في كتاب

هذا شرف كبير ولا اعتقد بأنني استحقه

أثير الدين:

لا تبالغ برد فعلك، ولا تفهمني بشكل خاطئ

أنا اقصد أمرا آخر

الشاب: (بعد أن توقف عن القفز من السعادة)

كيف ذلك؟

أثير الدين:

الرواية لن تحمل إلا اسما واحدا

ولن يكون اسمك مهما كان الجزء الذي ستعمله فيها

كما أنك سوف تتقاضى هذا المبلغ من المال

(..........) لقاء جهدك

في البداية كان الشاب مذهولا مما يسمعه فهو لم يكن يعتقد بأن مثالا للنضال والعلم والأدب يريد منه أن يساعده في كتابه رواية دون أن يذكر اسمه حتى في العمل.

فقد كان في اعتقاده في البداية بأن حلمه بأن يصبح أديبا قد أوشك على أن يتحقق.

ولكنه فوجئ بكلام أثير الدين الذي كان صريحا واخبره بأن الرواية سوف تحمل اسم ابنته.

وسوف يتلقى مقابل جهده وعمله مبلغا من المال دون ذكر اسمه.

لم يكن شاب موافقا في البداية ولكنه عندما سمع المبلغ فكر في الأمر مرتين.

فكر في أن ذلك المبلغ الكبير من المال سوف يفتح له هذا الباب.

سوف يفتح له هذا المبلغ من المال أبوابا كثيرة منها انه سوف يعينه على الزواج والاستقرار.

لقد كان يرى بأن ما حصل معه هو ضرب من الخيال، وهي فرصة يجب أن يحسن استغلالها فلربما ذهبت إلى شخص آخر أو ربما لن تعود إليه لكي تطرق بابه.

لقد كان تفكيره أحيانا عقلانيا وفي بعض الأحيان كان يحزن على حاله ولكنه كان يريد استغلال الفرصة.

وبعد أن كان بين مد وجزر، وبعد تفكير طويل حاول التركيز على الأمور الايجابية.

لقد في الايجابيات بدل السلبيات فاستقر على الموافقة دون تردد بعد ذلك.

وبعد أنه قد تم الاتفاق إلا أن أثير الدين قد شعر بأن الأمور لا تسير بوتيرة جيدة رغم أن الأفكار كانت جيدة، والمسبات في الصرف والنحو، وهذا ما جعل أثير الدين الذي كان يخضع لضغط من ابنته وضغوطات كثيرة يبحث عن حل.

فقد كانت ابنته تعيش في إحدى دول أوروبا مع زوجها وابنتيها التي أنجبتها والتي كانت متشوقة لرؤية

الرواية، لذا كان يجب أن يتم إيجاد حل للبحث عن شخص آخر لكي يسرع الأمر.

ويجعل العمل يمشي بوتيرة سريعة اكبر من أجل الإسراع فبحث وكما كان يفعل دائما وكعادته عن ضحية يكون محتاجا معدما لكي يتم استغلاله.

بالفعل وجد رجل خريج جامعه متخصصا في اللغة العربية، ولم تكن فقط دراسة وتخصص بل كان يحب اللغة العربية وله علاقة وطيدة بها.

إن حبه للغة العربية جعله متمرسا كما انه كان كثير المطالعة ويجيد كتابة بعض الشعر إلا انه لم يكن في الحقيقة شاعرا بل كان ينوي أن يتوظف كأستاذ للغة العربية ولم يكن له طموح اكبر من ذلك.

لم يكن فقط الطموح ما ينقصه بل كان الشغف.

فهو لم يكن يمتلك الشغف بالشعر مثلا بل كان يهوى قراءته أكثر من محاولة كتابة بيت أو بيتين.

ولكنه لم يتوظف منذ حوالي العشر سنوات ولكنه كان يعمل في التصحيح اللغوي لبعض الأعمال الأدبية ويتلقى أجرا قليلا على ذلك.

لأنه كان يعتبر مقارنه مع كبار الأساتذة الذين لهم مشوار طويل مع اللغة العربية ولكنه كان مناسبا لأثير الدين من كل النواحي.

وأصبح أثير الدين يسهر على تلك الحلقة التي يعمل بها الرجلان في بيته ويقومان بتجهيز الرواية فكانوا يضعون كل يوم يعملون لكل يوم لمده ست ساعات يوميا للخروج بأفكار جديدة.

وهكذا وقد كان التقدم بطيء وعندما كانوا ينتهون ينهون فصلا يقوم أثير الدين بمراجعته من كتاباته هذا ما يجعله ما يرجعون بدعه خطوات إلى الوراء وبعد أن تقدم العمل كثيرا.

احضر الكاتب الأول معه صديقا لكي يقوم بإعادة بعض الفصول التي لم تعجب أثير صياغتها اللغوية.

وكان هذا الشخص ابن خالته وبضمانته بأنه سوف يتقاضى راتبه.

ولا يعيد ذكر الأمر لن يعيد ذكر الأمر لأي أحد حتى مماته، لقد كانت السرية إحدى أهم الأبواب التي كان أثير الدين يركز عليها لأنه كان يريد أن يبني سمعة لابنته لا أن يدمر سمعته هو.

فلو انتشر مثل هذا الأمر لكان فضيحة لأثير الدين وابنته ولنبذ وقذف بأبشع الصفات، وسوف لن يرحمه الأدباء ولا الجمهور.

يا مولاي وهكذا وهكذا وهكذا وهكذا وبعد مرور ثلاث سنوات.

تمكن العمل من الاكتمال بعد أول يوم ولدت فيه الفكرة وحتى اكتمال العمل بأفكاره وفصوله.

وحتى بعد تصحيحه وتنقيحه.

وافترقت الجماعة بعد حصول كل ذي حق حقه وبعد استلام مبالغ نهاية الخدمة.

تفرق الجمع وجاءت ابنه أثير الدين إلى البلاد وأرادت الرواية وحاولت قراءه بعض الصفحات.

فقد كانت تعجز حتى عن القراءة، لقد كانت ملولة وكان والدها العزيز يعرف ذلك جيدا وهذا ما جعله يقوم بكتابه ملخص لها عن الرواية.

وكتب لها شرحا وافيا عن الشخصيات وبعض الملاحظات

فقراها لها أيضا.

وافهمها الموضوع ذلك الموضوع الذي لم يكن لها اعتراض عليه.

فهي لم تكن تصدق أن الرواية أصبحت بين يديها وقد فاجئها والدها الذي اظهر لها لأول مره الرواية واسمها عليها فكانت سعيدة جدا.

لم يتوقف عمل أثير الدين على اختيار موضوع الرواية وأحداثها وشخصياتها وبعض تفاصيلها ولا حتى عند اختبار الفريق الذي سوف يقوم بالكتابة ولا عند التصحيح والتنقيح.

بل كان كل الأمر على عاتقه وليس لابنته أية علاقة بأي أمر.

بل كانت هي فقط صاحبة الاسم على الرواية ومن تجني ثمار ذلك العمل وصاحبة ذلك المولود.

فاختار لها أيضا تصميما مناسبا للغلاف

وكان المسئول عن لون الغلاف وشكله وما يحويه.

وما يجب أن يكون عليه من وحي الرواية وأحداثها

كما اختار الخط الذي يكتب به العنوان.

واسمها الذي كان عريضا وكبيرا وفي أعلى الرواية
لقد كان أبا مثاليا بالفعل.

وهكذا قام والدها بكل الاتصالات لكي يقوم بنشر عمل ابنته الأول.

فقام والدها بكل الاتصالات لكي يقوم بنشر عمل ابنته الأول.

وبعد عرض العمل على عده دور النشر

وافقت إحدى دور النشر

وبعد نشر الرواية في دول مختلفة من العالم العربي، طلب أثير الدين أن يقوم بعض أصدقائه بكتابة مقالات نقدية ايجابيه لصالح ابنته وان تتم الإشادة بعملها.

فكان النقد البناء قاعدة لابنته.

ولم تكن كل المقالات باسمه بل كانت من كتاباته ولكن تحمل أسماء أصدقائه المقربين.

لقد كان الأصدقاء يقدمون له ولابنته الدعم اللازم.

فالحملة الإعلانية والمقالات الايجابية قد كانت ذات منفعة كبيرة بالنسبة لأزاهير وعملها.

وقد لاحق الرواية نجاحا جيدا وكسبت جمهورا وأطلقت لها أكثر من حملة إعلانية لدعمها والإشادة بها.

في البداية لم يكن الجمهور حقيقي بل هي بعض الآراء التي كانت تطلق من أناس مقربين حتى انتاب بعض الناس الفضول حول الرواية.

وأصبحت سمعتها جيدة لدى جمهور القراء الذي أرادوا أن يقرؤوها بأنفسهم لكي يقيموها حقا.

وهكذا وبعد مرور سنه أصبحت ابنته مشهورة على أنها أديبة وروائية وهي ابنه الصحفي المناضل صاحبه قلمين فاز تمت الإشادة بها بدونها حق بدون حق.

الشهرة بعرق مزيف

وبعد مرور أربع سنوات أصبح جمهورها والذين كانوا مذهولين بأسلوبها في السرد يطالبونها بتواجدها بأعمال جديدة ولكن من أين لها فقالت في إحدى اللقاءات المصورة بأنها أتمت عمل لها الأول خلال سبع سنوات،

وهي الآن بصدد عمل جديد وبالتأكيد سوف يأخذ منها وقتا كبيرا لكي يظهر للعلم وأنها تحب التروي في

أعمالها لكي تخرج للجمهور ما يناسب، عملا يناسب جمهورها.

وهكذا أرادت أن يحضر لها والدها عملا جديدا ولكن ولكنه أجهد كثيرا في العمل الأول ولم يعد يحب هذا لعب هذا الدور الذي لا ينتهي خاصة.

وانه لم يعد كما كان في السابق ولكنه لم يكن يريد لابنته الوحيدة أن تتذكره على انه لم يكن يحقق لها أحلامها في آخر أيامه لأنه شعر باقتراب أجله.

لقد أصبح غير قادر على الحياة ولا على العيش بطريقة جيدة، كما انه كان يشعر بأن أيامه أصبحت معدودة.

لقد كان يشعر بالرضا لأنه كان يرى ابنته سعيدة وقد حقق لها كلما تريد وحقق لها كل ما يتمنى الوالد أن يحققه لابنته الصغيرة.

فقد امن لها مستقبلها ووضع لها رجليها على طريق التأليف وقام بتزويجها.

الكثير من الأمور الجيدة التي وضعها لها في حياتها ولم يتركها لا وحيدة ولا بلا هوية.

فطلب منها البقاء في بلاد معه لأنه لا يريد أن يغادر بلده ويريد أن يدفن فيها ولكنه لم يخبر بما يشعر به هل طلب منها البقاء إلى جانبه في مرضه.

كما أنه أعاد الاتصال بالشباب السابقين الذين لم يرضيهم المبلغ الذي كان سيقدمه لهم.

فطلبوا زيادة لأنهم رأوا بأن العمل قد لاق نجاحا كبيرا واعتبروا ذلك هضما لحقوقهم.

رفض أثير الدين زيادة أي مبلغ لهم، لأنه كان يعلم جيدا بأن العمل نال النجاح بفضله.

فالعمل قد لاقى سمعة جيدة اعتمد عليها وارتكز ولم ينل شهرة بفضل كتاباتهم بل بفضل سمعته هو.

كما انه أيضا قد سهر على الترويج له وسهر على كتابة المقالات من أجل أن يلقى ذلك العمل النجاح الذي نله ولو كان لشخص غير معروف لما نال كل ذلك النجاح.

فبفضض نقد أصدقائه والمقالات التي طلب كتابتها، وتزكيه بأسماء معروفه، فالمقال ينجح في نظره بنجاح اسم صاحبه وله نفس وزن صاحبه.

بهذا العمل الأدبي الفني الذي يعد تحفة أدبية وفنية، فالعمل قد نال شهرة لأنه باسم ابنته، وابنته أيضا نالت الشهرة نسبة لاسمه، فكلما حدث كان بفضله.

وقد كان يرى أثير الدين بأنه قد أعطاهم حقهم ولم يكن بخيلا معهم كما رآه بأن طلبه للزيادة لا يعني إلا أنهم يحاولون ابتزازه وان لم يكن ذلك فهذا مجرد استغلال أو ربما هم يتحدثون من باب الغيرة والحسد.

لقد كانت تلك هي نظره للأمر لذا رفض رفضا قاطعا.

وهكذا انسحب من فريق العمل شخصا فلم يبقى إلا الكاتب الأول الذي لم يمانع ببيع أفكاره مقابل المال.

وقد تزوج بفضل تلك الأموال الأولى وقام بتأجير محل وجهزه بالمواد الغذائية وأصبح مصدرا رزقه.

ولأنه يعلم جيدا بأن مشوار نشر رواية هو مشوار طويل إذا كان هذا الطريق أسرع بالنسبة له.

كما انه لم يكن يرى مانعا من بيع أفكاره فهو يعتبر أن أثير الدين وابنته من المشاهير.

ومن المحال وصول إلى درجته التي بلغوها، حتى لو كان موهوبا أو كانت لديه كتابات جيدة.

لقد كان شابا موهوبا ولكنه كان انهزاميا ورضي بالقليل ولم يفكر في أن ينشر عملا خاصا به بل اكتفى بأن ينشر أعماله باسم أزاهير ابنة أثير الدين.

وكان يرى بأن نجاح كتاباته هو نجاح له سواء حملت اسمه أو حملت اسم ابنة أثير الدين ففي الأول والأخير الجمهور معجب بما قد كتبه هو وليس بأي شيء أخر.

فهم ربما معجبون بأثير الدين وبابنته ولكن الكلمات هي من رسمه هو وإبداعه.

وكان يرى بأن نجاحها باسم آخر أفضل من الاختيارين الباقيين، فإما أن لا ينشر عملا أبدا.

أو أن ينشر عمل باسمه وهو غير معرفو وفي تلك الحالة ذلك العمل لن يلق نجاحا وسوف يكسر ثقته في نفسه.

لقد كان لديه يقين بأنه لو نشر الرواية تحت اسمه لما لاقت هذا النجاح، ففي وجهه نظره طريق النجاح يتبع اسم المؤلف ولا يتبع العمل بحد ذاته كي انه يتبع المؤلف ولا يتبع المؤلف.

وقد كان سعيدا بما يحدث معه.

حلقات أدبية

هكذا عرف أثير الدين ابنته على هذا الشاب فطلب منه
أن يجد لها أشخاصا آخرين لكي يشكلوا معه حلقه أدبيه
واخبرهم بأنه سوف يعملون هذه المرة تحت إشراف
ابنته نظرا لظروفه الصحية.

بالنسبة لابنته فقد اعتبرت بأنهم يقومون بصياغة
أفكارها ولكن في الحقيقة كانت تسمع أفكارهم
وتختاروا منها ما يعجبها وتلغي ما لا يعجبها.

وتطلب منهم تغيير الكثير.

ولكن والدها أوصاها بأن تقبل بكل ما يقولونه لكي لا تستغرق الكثير من الوقت في طرح الشروط.

لان ذلك سوف يجعل الأمر بطيئا.

أما ابنته فكانت تظن بأن الكتاب سوف يحققون لها مرادها كيف ما كان، وأنهم سوف يمتثلون لأوامرها، ويحققون لها كل طلباتها.

لقد كانت تشعر بالثقة في النفس وبالغرور عندما كانت تستمع إلى أفكارهم وتختار منها ما يناسبها.

لقد كانت تشعر بالنشوة وكأنهم عبيد لديها لا يعصون لها أمرا وحريصون على إسعادها وتلبية كل طلباتها.

وقد كانت كثيرة الأوامر، كثيرة الطلبات، صعبة الإرضاء في بعض الأحيان، ولكنها لم تكن حقا كذلك بل كانت تحب أن تحطمهم قليلا لكي لا يأخذهم الغرور

بكتاباتهم وفي نفس الوقت كانت تستفزهم لكي تخرج منهم أفضل ما لديهم.

وكأنها اعتبرت بأنها نسخه مصغره عن والدها ولكن الأمر كان مختلفا كما تماما.

لم يكن العمل بشكل يومي.

بل وعندما كانت تسافر رفقه زوجها يتوقف العمل حتى تعود إذا كان الأمر يأخذ من الوقت الكثير.

كما انه أحيانا كان الكاتب الرئيسي يصاب بجمود الأدباء مما يجعله يطلب فتره للراحة.

فبالرغم من كل شيء فقد كان العمل مرهقا ومتعبا للكتاب الحقيقيين وخاصة لأنها كانت تضغط عليهم أحيانا.

ولولا الحاجة للمال ما كان كاتب أو مؤلف يستطيع أن يعمل في بيئة مثل هذه ولا تحت ضغط مثل هذا.

ولكن الجميع كان لديه مصلحة في هذا العمل وأيضا
الجميع كان يقوم بدوره على أتم وجه.

وبعد مرور سنتين توفي والد أزاهير والأمر في
منتصف الطريق وبعد العزاء وحزنها عن والدها
عادت للبحث عن الرجلين لإتمام الرواية.

ولكن الكاتب الرئيسي اعتذر عن إتمام الأمر والرواية
كانت في المنتصف.

أما بالنسبة للكاتب الثاني فقد أراد زيادة ماليه.

وعندما رفضت ذلك انسحب هو الآخر وهددها بفضح
الأمر مما يجعلها تعطيه بعض المال من أجل السكوت

فاخذ المال وذهب في حال سبيله، فهو لم يكن حقا ليجعل من الأمر فضيحة بل كان فقط يريد بعض المال الذي كان يرى بأنه من حقه.

بقيت أزاهير لوحدها في مشكلة عويصة وهي إتمام رواية ولم يعد هناك من يدعمها ولا من يلبي لها رغباتها.

وأصبح عليها أن تعتمد على نفسها قررت في البداية أن تعلن اعتزالها الأدبي، وذلك بأن تقول في إحدى اللقاءات الصحفية لأنها لا تكتب لشده حزنها على والدها.

لقد وجدت بأن هان تلجا لتلك اللعبة بأنه لديها مشاكل وحزن هي تعيش فيه فهذا سوف يجعل الجمهور لا يطالبها بأعمال.

وقد كانت تتأثر كلما تذكرت والدها وتذرف الدموع، وقتلوا كم كانت هي مقربة منه وذلك أيضا لأنها ابنته الوحيدة كما كانت تتكلم عن الفترة الأخيرة له وكيف

عاش في الم وكيف خطفه الموت وهي لم تكن تتوقع أن يتركها وحيدة وقد ماتت والدتها قبله.

لم تكن تلك مشاعر حقيقية بل كان اقرب للتمثيل لكي تجعل الجمهور يتعاطف معها وقد كانت جيدة في هذه النقطة.

كسف تعاطف الناس فهذا كان أسلوب حياتها مع والدها الراحل، ولم يكن ليصعب عليها أن تلعب نفس الدور على الجمهور.

رغم أنها في منتصف في رواية ولكن لا رغبه لها في الكتاب.

بعد مرور سنه بالكامل عادت إلى بلادها وهناك بحثت عن شخص عن بعض المعارف والدها.

وأخبرت احدهم بأنها بصدد إتمام روايتها وتبحث عن شخص يساعدها لإنهائها بالأمر دون أن تفتح عن كونها تبحث عن كاتب يبيع لها أفكارها.

سيقرأ الفصل الأول من الرواية التي تمتلكها ويكملها لها

ولكن الرجل كان ذكيا وعندما سألها بضعه أسئلة عن رواياتها وموضوعها.

اكتشف بأنها لا تعرف عنها شيئا أو بالأحرى أنها تجهل كلما يخصها، مما جعله يكتشف رغبتها في شراء فصول أخرى للرواية.

ولكنه لشده تقديره لوالدها لم يعيد تصرفها هذا وإكراما لوالدها قرر مساعدتها في إكمال روايتها.

طلب منها بعض الوقت كما طلب منها نقص نسخه عن الفصل الأول.

ولم يرد أن يضعها في الصورة لكي لا تعاني من أيه مشاكل في حاله ما إذا تم لم تتم الأمور كما يجب.

لم يكن فقط والدها الذي كان يحسن معاملتها ولكنه قد ترك لها الكثير من الأصدقاء الأوفياء الذي يقدمون لها يد العون في حالة ما إذا لجأت إلى احدهم.

لقد كانت تعرف بأنها لن تقع في مأزق كبير، وقد كانت تراودها فكرة الاستمرار في الكتابة.

لذا كانت تبحث عن طريقة أخرى لفعل ذلك وهذا ما جعلها تلجا إلى أحد أصدقاء والدها الراحل، ومن حسن حظها إن كل أصدقائهم هم من نفس المجال وفي نفس الطريق الذي تسير هي فيه.

المؤلف الشبح

وبعد مرور ستة أشهر اتصل الرجل إبراهيم بأزاهير واخبرها بما لديه من أخبار جديدة وقال:

مرحبا أزاهير أنا السيد إبراهيم

أزاهير:

مرحبا سيد إبراهيم، كيف حالك؟

السيد إبراهيم:

بخير، كيف حالك أنت؟

أزاهير:

بأفضل حال، ولكن لقد كنت انتظر اتصالك منذ مدة

السيد إبراهيم: (وهو يضحك قليلا)

(ضحك)... أعلم ذلك

أزاهير:

ولما تأخر في الاتصال بي

السيد إبراهيم:

لقد كنت انتظر حتى تصبح لدي أخبار جيدة لك

أزاهير:

هل تعني بكلامك بأن لديك خبر ما من أجلي؟

السيد إبراهيم:

طبعا

أزاهير:

وما هو؟

السيد إبراهيم:

أنت تشعرين بالفضول

أزاهير:

أنت تعلم بأنني انتظر خبرا منك منذ فترة طويلة

اخبرني بما لديك رجاء

السيد إبراهيم:

حسنا حسنا سوف أخبرك

أزاهير:

وليكن خبرا جيدة لو سمحت

السيد إبراهيم:

اسمعي ما لدي يا عزيزتي

لقد وجدت من يخدمني ويخدمك وذلك بعد بحث طويل

أزاهير:

أحقا وجدته؟

السيد إبراهيم:

لا تستعجلي، للحديث بقية

أزاهير:

حسنا أخبرني بالتفاصيل

السيد إبراهيم:

سوف نشرع في العمل فورا ولكن بعد أن ترسلي لي أتعاب الرجل، لقد أخبرتني سابقا بأنك مستعدة لدفع التكاليف كاملة.

أزاهير:

طبعا مستعدة

السيد إبراهيم:

اسمعيني جيدا، الأمر ليس مثل السابق هذا الرجل مختلف جدا.

أزاهير:

مختلف، ماذا تقصد بمختلف؟

السيد إبراهيم:

هذا الرجل معروف، وله أعمال كثيرة، ولكنه لتقديم هذه الخدمة مقابل مبلغ من المال، ولا مانع لديه.

أزاهير:

الأمر لصالحنا بما انه مشهور فإننا سوف نستفيد من جودة عمله ونقاوة أسلوبه.

السيد إبراهيم:

لدي أمر إضافي أخبرك به

أزاهير:

وما هو؟

السيد إبراهيم:

هذا الرجل كثير الانشغالات لذا فان الأمر سوف يستغرق بعض الوقت.

أزاهير:

لا بأس سوف ننتظر

السيد إبراهيم:

ربما ننتظر كثيرا

أزاهير:

لننتظر الفاكهة حتى تنضج براحتها

السيد إبراهيم:

أنت تعطين الضوء الأخضر إذن

أزاهير:

سوف أرسل لك المبلغ المطلوب في اقرب فرصة إذن

السيد إبراهيم:

سوف ينطلق بعمله ويبدأ فور استلامه لأتعابه

أزاهير:

فلندعو الله أن تكون النتائج جيدة

السيد إبراهيم:

يجب أن تثقي به انه مؤلف مشهور

أزاهير:

يكفيني أن يصبح لدي مؤلف جديد

السيد إبراهيم:

بوركت يا ابنتي

مؤلَّفٌ جديد

وبعد سنتين بالكامل أصبح العمل جاهزا فلم تكون أزاهير تصدق ما حصل أخيرا.

لم تصدق الخبر حين سمعت أن روايتها جاهدة

فسارعت دون تصحيح وتلقيح وأرسلت عملها هذا إلى دار النشر السابق التي نشرت روايتها الأولى.

لقد قامت الدار بنشر العمل الجديد.

ولكن العمل لاقى ردود فعليا متفاوتة بين مؤيد
ومعارض في عملها وهذا ولاقى نقدا لاذعا لأنه اعتبر
بأنه لا يشبه أسلوبها بتاتا لا يشبه عملها الأول وانه
ليس بنفس الجودة أيضا.

ولكن لم يتم الطعن فيها بل فقط كان مجرد نقد
لأسلوبها في الكتابة وطريقتها التي لم تكن جيدة هذه
المرة.

كما انه مليء بالأخطاء وكان هناك رأي لان العمل
ليس لنفس الكاتب ولكن كل هذا الناقد لم يقف أمام
المبيعات وتحقيقها لنجاح معين.

قررت بعد ذلك أن تشتري في المرة القادمة عملا جاهزا وكاملا وان يكون لنفس الشخص لأنها لم تريد أن تقع في نفس الأخطاء السابقة أي أنها أخذت عبره مما حدث معها وأصبح ذات خبره في المجال.

لقد أحبت أزاهير ما يحدث معها، وذلك رغم الأمور السلبية وبعد أصوات النقد التي اعتبرتها أعداء نجاح

فقط أو غيره أدبيه هي الدافع لها ورائها ولكنها أحداث
كل تلك الزواج الإعلامية والنجاح التي تحصلت عليها
بفضل تلك الكتابات فقد أصبحت معلما في والدها
علاقة الاحترام والتقدير والإعلام والتكريمات
والجوائز وهذا ما نال إعجابها.

لم تريد أن تتوقف كل تلك النجاحات وعندما طلبت من صديقي والدتي والدها مساعدتها لأجل عمل جديد اخبرها أن ذلك الكاتب يرفض خدمتها مجددا.

واخبرها أن السبب رغم مع غيره منها لذا لم يكن هو الآخر يريد الاستمرار في العمل في هذه الطريقة الملتوية

لكنه وافق على مساعدته في الأخير واخبرها بما كان فكر فيه وقال لها:

اسمعيني جيدا سوف أحاول جهدي لكي أجد لك حلا

وأظن أنني أفكر في فكرة جيدة ربما تكون هي الحل لمشكلتك.

أزاهير:

وما هي؟

أنجدني

أنا في أمس الحاجة

الرجل:

أنا أفكر في أن نختصر الأمور وان نكون واضحين في عملها.

سوف أبحث لك عن شخص يبيع لك عمله مباشرة

وان نطلب منه عملا خاصا لك هذه المرة

أزاهير:

من تقصد بكلامك

الرجل:

سوف ابحث لك عن شخص موثوق

أزاهير:

وماذا بعد؟

الرجل:

وفي تلك الحالة وليكن الشخص موهوب بالإضافة إلى الثقة وأيضا من الأفضل أن يكون متعود على الكتابة بشكل مستمر أي انه ليس مجرد هاو أو لديه عمل مميز ولكنه عمل واحد فقط فهناك أصحاب الأعمال اليتيمة أو الوحيدة.

أزاهير:

أجل لقد فهمت وماذا بعد؟

الرجل:

في تلك الحالة سوف نسأله إن كان لديه عمل جاهز

أزاهير:

وإذا كان لديه؟

الرجل:

ومن الأفضل أن لا يكون قد عرضه على أي أحد ولا أحد يعلم بوجود ذلك العمل.

أزاهير:

وماذا بعد ذلك أريد أن اعرف النتيجة.

الرجل:

لا تقلقي يا عزيزتي أنا لم أكن أقوم بالتشويق أنا كنت اشرح لكي لا نقع في الخطأ.

أزاهير:

حسنا المهم أن تخبرني بالنتيجة.

الرجل:

هنا نحصل على مرادنا سوف ندفع لذلك الشخص ونشتري منه العمل دون أن ننتظر أن يكتب من أجلك أو أن يساومنا.

هنا انه عرض وطلب

سلعة وسعر

أزاهير:

هذه فكرة رائع يعجبني أفكارك

الرجل:

وهكذا ما عليك أنت إلا أن تقومي بالتوقيع على عملك الذي سوف يصبح لك فور استلامه من الشخص

المحظوظ الذي سوف يتقاضى مبلغا ربما هو لا يحلم به في أحلامه.

أزاهير:

أجل أنت تعلم بأنني مستعدة لفعل ذلك

الرجل:

أجل اعلم

أن توقع العمل باسمها وان تكون هي صاحبته وأن يكون العمل كاملا فقد كانت لها شروط هذه المرة في أن تجدها عملا كاملا متكاملا لا تضع عليه إلا اسمها.

وبعد رحله بحث طويلة وجد لها الرجل عملا يشبه عملها السابق ولكن تتم ولكن ثمنه كان باهظا جدا ولم يكن صاحبه قد حفظ حقوقه بعد.

وليس باسمه في أي مكان ولا أحد يعلم عنه شيئا، كما انه كان بحاجه للكثير من العمل الإضافي.

قررت أزاهير أن تبتاعه وطلبت من صاحبه ان يكمله لها ولكنه كان يعاني من مرض مما جعله لا رغبة له في إكماله.

لم تشتري ذلك العمل لأنه نال إعجابها، بل لأنها تقريبا كانت عاجزة وتتعلق بأي قشة مثل الغريق.

وبعد مرور عده أشهر استلم ماله ووقعت عملها باسمها فحفظته.

ولكنها قررت نشره بعد مرور سنتين اخرتين لكي تجعل الجمهور يتشوق.

لقد أصبحت أزاهير أكثر وعيا وأصبحت تجيد التفكير فيما ترده وأيضا أصبحت على دراية بكل جوانب العمل والأعمال التي ستشتريها وما إلى ذلك.

كما أنها قد اكتسبت خبرة في التعامل مع الناس من أجل مصالحها.

وقد عرفت بأنه لا يوجد من سيبحث عن مصلحتها إلى هي نفسها لذا فقد أصبحت قادرة على التعالم مع كل

الأمور جراء ما تعلمته من أخطائها السابقة وقد كانت

ذكية بعض الشيء ولم تكن بالغبية تماما.

الشراهة للشهرة

لقد كانت أزاهير رغم كل شيء ذكية فكانت تقوم بالدعاية لكتابها قبل نزوله في البرامج التي يتم دعوتها إليها، فأصبحت تذكره في كل لقاءاتها تلفزيونيه أو حتى إذاعيه واتخذوا القليل عنه.

وهكذا وصلت مشوارها على ظهور غيرها.

كما أنها أصبحت ذات شهره وهذا ما جعلها شرهه لشراء والسرقة فهي لا يرضعها رابع ولا يقف في طريقها شيء.

علاقات أزاهير بعض العروض للعمل في الجامعة، جامعه معروفه ولكنها كانت تعلم بأنه لا يوجد لديه مستوى إذا رفض رغم أنها فكرت في أن تختلط بالمجتمع وبما انه.

ربما يصبح لديه أصدقاء وطالبات تعتمد عليهم في التصحيح والتنقيح.

وفي يوم اتصل بها كاتب جديد مقبل على عالم الأدب الذي كان يراها مثالا للأدب والرواية.

لأنه كان له أسلوب ثوري التقى بها الجديد فطلب منها أن تقرا مسوده له وان تعطيه رأيها.

في البداية رفضت لأنها لم تكن تريد أن تتورط في أمر مثل هذا ولكنه إصر عليها معتقدا بأنها سوف تعطيه رأيها بصراحة وربما تنصحه تمدحه أو حتى توجهه.

وبعد أن أصر عليها لكي تأخذ المسودة أخذتها منه
وهي لا تنوي أن ترد على اتصالاته من جديد.

لأنه لم تكن لتورط نفسها في أي أمر قد يمس بسمعتها.

أخذت أزاهير تلك الرواية وسافرت إلى بلاد زوجها
وبعد مرور سنتين تفاجئ ذلك الشعب الذي لم يجد
طريقه لكي يتصل بها لكي يعرف رأيها في روايته.

وهو شاب فقير أمكنها أن تعرف المدى فقره من هيئته،
فقد كانت ملابسه قديمة ويظهر من شكله مستواه
المادي الذي يعيش فيه.

إلا انه كان فتى موهوب وكان يحب الأدب كثيرا.

لقد كان موهوبا وشغوفا بالكتابة ولم تكن تلك روايته الوحيدة بل كان لديه عمل آخر جاهز أيضا.

لقد انتظر أن يرده منها جواب ولكن للأسف لا هي كانت تعزم الاتصال به ولا هو وجد طريقة لفعل ذلك.

تفاجئ ذلك الشاب في السوق بروايته في السوق و تحت عنوان آخر.

لقد تفاجأ كثيرا بل صدم لما رآه ولما حدث معه.

لم يكن يستطيع ذلك الشاب الفقير حتى أن يشتري نسخة من الرواية ولكنه لم يقف مكشوف الأيدي، فقد كان يريد أن يقرأ الرواية وبشدة، من أجل أن يتأكد بأنها هي روايته نفسها بكل تفاصيلها وابسم أزاهير أثير الدين.

لذا فقد استعارها من المكتبة العامة، وبالفعل أخذها وقرأها من الغلاف إلى الغلاف.

وقد كانت روايته هي نفسها ولم يتغير فيها حرف واحد إلا اسم المؤلف الذي كان عليها.

اسم أزاهير أثير الدين

لقد كانت نفسها

إلا العنوان الذي طبعا قامت بتغييره كما أنها قد
وضعت لها غلافا لا يمت لها بصلة.

بل كان غلافا عاديا جدا في نظر الشاب المخدوع.

نهاية سليلة النضال

نالت الرواية شهرة واسعة وتعاقد معها مخرج ثورة وبيعت منها نسخ كثيرة بالآلاف لدرجه أنها حققت رقم رائعا ومذهلا في المبيعات.

عندما قراها الشاب وبعد أن مسح دموعه اتجه إلى أديب كبير في بلاده واخبره بالأمر فسأله الأديب أن

كان قد حفظ عمله قبل أن يعطيها نسخه وهذا ما جعله يقاضيها أنكرت هي الأمر.

بالبداية ولكنه كشف أمرها.

في البداية أصرت أزاهير على أن الرواية لها وأن ما يحدث ما هو إلا كيد من الحاسدين ثم بعد أن احتدم صراع.

اعترفت بأن الرواية ليست لها وأنها مستودعه عثرت عليهم وكانت ملك لوالدها.

لقد حاولت أن تلصق التهمة بوالدها الراحل الذي كان لكل حياته يحافظ على سمعته ويعيش على نظافة تلك السمعة التي بناها بقلمه وكان يحافظ عليها بروحه.

فقد كان مناضلا ومجاهدا ولكن أزاهير أرادت التملص، ولم يكن أمامها إلا والدها لكي تنفذ بجلدها هي ويقع هو في الفخ المنصوب أمامها.

ولكنها قامت بتصحيحها مما أعطاها الحق في نشرها باسمها.

وقالت بأنها ورثتها كما ورثت كل شيء عن والدها فهي وريثته الوحيدة.

وبما أن الرواية كانت لوالدها فقد اعتبرتها لها هي أيضا، وقد كانت تظن بأنه كان يكتب أول عمل روائي له في حياته ولكنه لم تكن لديه الشجاعة لكي ينشر رواية فهو ليس روائي.

تمت مهاجمتها واتهمت بالسرقة لأن أسلوب الرواية لم يكن يشبه كتاباتها، فقد كتبوا عنها بان كتابتها للرواية لا تشبه أسلوبها.

ذلك الشاب مصرا على أقواله.

تهربت من الموضوع من جديد قالت:

بأنه ربما قد أعطى الرواية لوالده وهي أسفه وقدمت اعتذار رسميا إن كان كلامه صحيحا رغم أنها لا تعترف بما يقوله.

ولكن عندما قلب شاب طاول عليها وتم تقديم إثباتات على انه صاحب العمل لم تجد مفرا إلا أن تلصق تلك التهمه بوالدها الراحل.

وأخبرتهم بأنها وجدتها في أغراض والدها وربما أعطاها له شاب وانه لا يمتلك دليل على انه أعطاها لهذا اليد وانه لا شهود لديه.

ولكن شاب اثبت تواجده في حفل توقيع كتاب في مكتبه العامة واثبت انه يمتلك نسخه موقعة كتابه في نفس القاعة واحذر شهودا على ذلك.

فاز هذا الشاب بالقضية واستعاد كافة حقوقه المادية والمعنوية والتعويضات التي دفعتها هي والتكريم من الدولة أيضا.

كما تعاقد على فيلم سينما حصل على المال مقابل ذلك وتعاقدت معه نفس الدار التي كانت تنشر لها لأنه كان في نظره قد اكتسب شهره بطريقه كان لديه عملان آخران جاهلان وكان يقول بأنه مستعد لكتابه المزيد جمهوره وجمهوره رواياته الأولى المسروقة.

أما أزاهير فقد خسرت كل جمهورها فقطعاها النقاد

والكتاب والصحفيين مما جعلها تسافر إلى بلاد

أوروبيه وتختفي عن الأنظار وهناك من يقول بأنها

عانت من اكتئاب حاد هناك من يقول بأنها قد دخلت

مصحة للعلاج النفسي لمحاولتها الانتحار.

ولكنها لم تفلح حتى في الانتحار رغم أن زوجها قد طلقها واخذ منها ابنتها لأنه اعتبر زواجه بها لا يشرفه فهي لا تتحلى بالأخلاق الأدبية والعلمية والإنسانية.

وفي الأخير بقيت في تلك المصحة وهي تظن بأنها مختفيه هناك هروبا من أضواء الشهرة والصحافيين الحشريين وهي في منتجع خمس نجوم.

Sommaire